Klabund

Störtebeker

Klabund

Störtebeker

Reihe: *classic pages*

ISBN: 978-3-86267-166-3

Auflage: 1
Erscheinungsjahr: 2011
Erscheinungsort: Bremen, Deutschland

Europäischer Literaturverlag GmbH, Fahrenheitstr. 1, 28359 Bremen (www.elv-verlag.de).

Störtebeker

www.elv-verlag.de

Marlen blähte der Wind den blauweiß karierten Rock auf.

Sie stand in einer Tornische der Nikolaikirche, dickbäckig und dickbäuchig, die grellroten Hände stemmte sie in die Seite und schrie: »Zwetschgen! Zwetschgen!«

Ein Echo von den Häusern her höhnte: »Zwetschgen! Zwetschgen!«

Der Wind fegte eine Staubwolke über den Nikolaimarkt. Erst schlich sie über den Boden wie eine Blindschleiche. Dann wuchsen ihr Flügel. Sie rauschte auf und schlug wie der Vogel Phönix mit riesigen Flügelschlägen gegen die bemalten Fenster der Nikolaikirche, dass sie in den rostigen Angeln knarrten, und der rote Sankt Sebastian und der grüne Sankt Makarius ihre Farbe verloren und braun bestäubt wie schmutzige Bettelmönche oder Lebkuchenmänner im gläsernen Oval standen.

Der Himmel blinkte schwefelgelb wie ein Katzenauge bei Nacht.

Der erste Blitz zuckte seine silberne Geißel und peitschte die Wolken, dass sie brüllend auseinanderstoben.

Marlen stand in der Nische und lachte.

Der Regen sauste vor ihr nieder.

Immer schneller zuckten die Blitze. Sie legte die breite Hand auf ihren Bauch. Der Herzschlag des Kindes, den sie schon spürte, und Blitz und Donner: Das war *ein* Schlag, *ein* Klang, das ging im gleichen Takt.

Das wird ein wilder Junge werden, ein Blitzjunge, ein Donnerbursche.

Blitz und Donner knallten und zischten ineinander. Eine schlanke Feuersäule stieg auf. Der Blitz hatte in das Haus des Senators Stollenweber eingeschlagen. Fenster sprangen auf. Geschrei. Hilferufe. Lärm in allen Gassen und das Horn des Wächters vom Turm.

Marlen lachte.

Sie ballte die Faust.

Ihr Gesindel, ihr Lumpen, ihr Pack! Es hat bei euch eingeschlagen! Es war die strahlende Faust meines Sohnes, die auf euer morsches Gebälk niederfuhr! Er wird auf euch niederkommen wie Gottes Sohn. Er wird kein Jesus Christus sein, kein sanfter Engel, kein milder Prophet. Er wird das Licht der Liebe nicht eher entzünden, als bis er mit der Fackel des Hasses euch aus dem Bau geräuchert hat, den ihr aus unserm Schweiß, aus unserm Blut, aus unseren Leibern, aus unsrem Leben euch errichtet, und den unser Blut, unser Leben wieder niederringen muss.

Ihr habt Gödeke an den Galgen gebracht, weil er den Menschen helfen wollte, zu Recht und Gerechtigkeit zu kommen. Aber der tote Gödeke wird in euern Häusern umgehen. Er wird bleich hinter eurem Stuhl stehn, wenn ihr tafelt, und er wird euch Vernichtung einschenken. Er wird euren Kindern in der Wiege die Seele vergiften mit Wolfsmilch und Rattenmilch. Eure Weiber werden mit bocksbeinigen und kalbsköpfigen Missgeburten niederkommen, darum, dass ihr des Menschen Antlitz und Gestalt geschändet und habt aus Lämmern Wölfe und aus Eidechsen Drachen gemacht.

Ihr sollt an meinen Zwetschgen ersticken!

Der Regen sauste. Der Donner grollte nur noch wie ein ferner Hofhund.

»Zwetschgen!«, schrie Marlen, »Zwetschgen!«

Unbeweglich wie ein steinerner Nepomuk stand der Wächter am Galgen. Die Hellebarde stach mit dem Schaft in die feuchte Erde, mit der Spitze in den Himmel. Ein Stern tanzte darauf wie ein Elmslicht.

Gödeke schwankte im Nachtwind.

Er hing die dritte Nacht und hatte Leben und Sterben schon vergessen. Er war tot, wie er einst lebendig gewesen war. Ein Rabe, der sein linkes Auge gefressen hatte, saß auf seinem kahlen Schädel. In der leeren Augenhöhle kroch ein brünstiger Glühwurm. Von Hamburg herüber schlug es zwölf Uhr. Von zwölf Kirchen hintereinander.

Der Wächter zählte bis hundert, da war er im Stehen fest eingeschlafen.

Er schreckte auf.

Was war das für ein verdächtiges Geräusch? Er fällte die Hellebarde. »Wer da?«

Marlen legte ihm von hinten die Hände über die Augen: »Rate, mit wem du zu tun hast!«

Der Wächter fluchte: »Mit des Teufels Großmutter wahrscheinlich. Verdammtes Weibsstück, lass los. Wer bist du?«

»Deine Freundin«, sagte Marlen. »Und wenn du willst, deine Geliebte.«

Sie riss ihn zu sich heran, dass die Hellebarde ins Gras fiel und er nach Atem schnaufte. Als er seine Arme frei spürte, suchte er nach ihren Brüsten. Er schälte sie aus dem groben Leinenhemd wie Früchte. Sie fielen neben der Hellebarde ins Gras, das noch feucht war vom Gewitter. –

»Du bist schwanger«, sagte der Soldat.

Sie lagen im Gras und sahen in den Himmel, wo die Sterne verschlafen blinzelten wie sie selbst.

»Ja«, sagte Marlen, »ich bekomme ein Kind.«

»Von wem?«, fragte der Soldat.

»Von meinem Mann«, sagte Marlen.

»Und wer ist dein Mann?«, fragte der Soldat.

Marlen zeigte mit spitzem Knöchel nach oben: »Der da!«

»Wer da? Ich sehe niemand da oben als Sterne. Also ist ein Stern dein Mann.«

»Er glänzte wie ein Stern und zog seine Bahn wie die Sonne.«

»Und wer ist es?«

Marlen hob wieder den Finger: »Der, der da hängt.«

Der Soldat richtete sich auf: »Der am Galgen, der ist dein Mann?«

»Ja«, sagte Marlen, »der Mann am Galgen ist mein Mann.«

Der Soldat schüttelte den Kopf: »Da kannst du froh sein, dass du ihn los bist. Er war ein roher Patron, ein Räuber und Bandit. Er hat dich sicherlich jeden Tag geprügelt.«

Marlen dachte nach: »Ja, er hat mich wohl zuweilen geprügelt. Das war so seine Art. Aber er hat mich geliebt, und ich habe ihn geliebt.«

»Du verstehst zu lieben«, sagte der Soldat.

»Und zu hassen«, sagte Marlen.

Sie schwiegen.

Dem Soldaten war, als wäre ein kühler Wind über ihn hinweggestrichen. Ihn fröstelte.

Der Mann am Galgen schwankte leise. Der Rabe hatte ihn verlassen. Nur der Glühwurm leuchtete noch.

»Hier in der Nähe ist ein Friedhof«, sagte Marlen.

Der Soldat schwieg.

»Gestern ist der Sohn des Tuchhändlers begraben worden. Das Grab ist noch nicht zugeschüttet.«

»Was soll das?«, fragte der Soldat.

Marlen fuhr fort: »Gödeke soll das Begräbnis eines ehrlichen Christenmenschen erhalten. Denn er war ein Christ wie wenige.«

»Vielleicht«, sagte der Soldat. »Auch Räuber sind zuweilen umgängliche Menschen. Ich habe mal mit einem Karten gespielt und ihm all seinen Raub abgenommen.«

»Hilf mir«, sagte Marlen. Und sie hatte plötzlich Tränen in den Augen.

Der Soldat drehte verlegen an einem Rockzipfel. »Wie könnte ich dir helfen, ich bin hilflos wie du.«

Marlen stand auf: »Wir graben den Sohn des Tuchherren aus und hängen ihn an die Stelle von Gödeke an den Galgen. Der Galgen ist hoch. Man kann von hier unten nicht unterscheiden, wer da oben im Winde hängt. Und Gödeke graben wir ehrlich in die Erde anstelle des Kaufmannssohnes.«

Der Soldat: »Ich verlier meinen Kopf, wenn es an den Tag kommt –«

»Die Nacht ist finster, es kommt nicht an den Tag.«

Sie zog ihn zu sich heran. Da spürte er ihre Brüste.

Wie Katzen schlichen sie die hundert Schritte zum Friedhof.

»Wie schwer die Toten wiegen!«, sagte der Soldat, als sie den Kaufmannssohn zum Galgen trugen. »Nun: Es schadet nichts, wenn von dem Patrizierpack einmal einer hängt. Ich wünschte noch manchen an den Galgen. Sind hochmütig wie der Kaiser. Unsereiner ist ja nur ein Stück Vieh für sie.«

Sie setzten eine Leiter an.

Der Soldat löste Gödeke die Schlinge.

Er hielt sich die Nase zu. »Alle Wetter, dein Liebster duftet nicht schlecht.«

Er ließ Gödeke die Leiter hinabgleiten.

Marlen nahm ihn zitternd in ihre Arme und küsste seinen stinkenden Mund.

Die Schlinge wehte leicht und lustig. Marlen sah empor: »Ach, sieh die lustige Schlinge! Wie hübsch sie sich ringelt! Wie eine Schlange.«

Sie sucht ein neues Opfer. »Soldat, zeig mir doch einmal, wie man die Leute hängt. Möcht's gern wissen.«

Der Soldat lachte: »So, mein Täubchen, hängt man die Leute, so mein Täubchen.«

Er legte sich die Schlinge kunstgerecht um den Hals.

Als er den Hals in der Schlinge hatte, stieß Marlen die Leiter um. Er zappelte noch ein wenig wie ein Frosch, zuckte ein paarmal und hing still.

Marlen sah zu ihm hinauf: »So soll es allen gehen, die Schergenknechte sind.«

Ihre Brust ging schwer.

Gödeke!

Sie schleifte die Leiche zum Friedhof und begrub ihn. Den Kaufmannssohn zerrte sie bis übern Damm und warf ihn, mit einem Stein beschwert, in die Elbe.

Als um sechs Uhr früh die Ablösung der Galgenwache kam, sah sie zu ihrem Entsetzen den Wächter am Galgen hängen.

Von Gödeke ward keine Spur mehr gefunden.

Aber durch die Bürgerschaft Hamburgs ging ein Zittern.

»Der Teufel ist mit den Rebellen im Bunde!«, wisperte der Erzpriester von Sankt Georgen und legte diese Worte seiner nächsten Sonntagspredigt zugrunde und malte ein Bild des Teufels, dass die christliche Gemeinde schaudernd in den Mittag auseinanderging und sie sich in der grellen Sonne voreinander fürchteten.

Einige Tage darauf warf Marlen wie eine Hündin in einer Nische der Nikolaikirche einen Knaben, der später Störtebeker genannt wurde.

Vertrunken und versunken saß ein junger Gelehrter vor seinem Schoppen Wein. Zuweilen nahm er den Doktorhut herab und wischte sich den Schweiß von der Stirn.

Störtebeker trank ihm zu: »Euer Wohl!«

Der Gelehrte sah ihn durch seine schwarze Hornbrille misstrauisch an und dankte mürrisch.

»Woher des Weges?«, fuhr Störtebeker unbeirrt fort.

Der andere schwieg. Er hob den Pokal ans Licht: »Wie klar dieser Wein! Wie golden! Flüssige Sonne. Wenn es einen Menschen gäbe, der so klar wäre wie dieser Wein. Aber vermanscht sind sie alle, unausgegoren, trübe, zu bitter oder zu süß. Essig oder Most. Euer Wohl! Ihr seid ein Kriegsmann?«

Störtebeker: »Etwas Ähnliches, Herr. Ein Kämpfer.«

»Und was bekämpft Ihr?«

»Die Dummheit, den Hochmut, die Niedertracht.«

Des andern Augen hinter den Brillengläsern funkelten: »Ihr seid mein Mann. Ich wüsste Euch einen würdigen Feind.« Er dämpfte die Stimme: »Ich komme aus Rom.«

Störtebeker lauschte.

»Dort herrscht die Trinität, die Ihr eben anführtet, unbeschränkt.«

Störtebeker: »Kommt mit zum Thing. Sprecht zu den Friesen! Ihr seid der Unsere!«

Der Thing fand auf einer Lichtung bei Bremen statt.

Der Fremde erhob seine Stimme und sprach: »Zwei Metzen namens Theodora und Varozzia regieren. Sie setzen Bischöfe ein und ab und erheben zum Papst, wen sie wollen. Pfründe, Dispense, Absolutionen, Urteile: Alles ist käuflich. Die Justiz ist eine Dirne geworden, der längst die Binde von den Augen fiel. Der Papst liest die heilige Messe, ohne zu kommunizieren, und ein siebenjähriges Kind, das mit dem Bischofshut wie mit einer Karnevalsmütze spielt, wurde zum Bischof geweiht. Wer weiß, wer der rechte Papst ist? Benedikt heißt der eine: der Gesegnete: Er ist mit der Franzosenkrankheit gesegnet. Innozenz, der Unschuldige, heißt der zweite. Er ist unschuldig wie eine Landsknechthure. Damit sie ihr gottverfluchtes Leben leben können, pressen sie die Christgläubigen mit Abgaben und Steuern. Zieht nicht auch bei euch in den Katen und Dünen der Pfaff mit dem Klingelbeutel herum und fordert den Zehnten, indem er sich auf Gottes Wort und die Bibel beruft? Werft ihm die Bibel an den Kopf. Was braucht ihr die Bibel, wenn sie zulässt, dass solchen Ungeistes Kinder sich auf sie berufen? Als ihr die Bibel noch nicht hattet, Friesen, da tönte Gottes Wort euch milder und reiner im Sausen der Winde, im Sturm der See. Kein hässlicher Gott, der gewunden am Kreuze hing mit verzerrten Gliedmaßen, drückte euch. Freia, die Göttin der Schönheit, kam auf einem Delfin über das Meer geschwommen und segnete euch! Wehr- und hilflos ließ sich der Christ ans Kreuz nageln, desgleichen verlangen die heuchlerischen Pfaffen von euch. Sie wollen euch ans Kreuz von tausend Verträgen und Edikten nageln, um euch besser und sicherer schröpfen zu können. Meint ihr, dass es beim Zehnten bleibt? Den Dritten, die Hälfte werden sie fordern, und eure Weiber und Töchter werden sie im Beichtstuhl verderben mit römischem Laster und gallischer Sünde. Noch lebt Wodan, der Schlachtengott! Noch lebt Thor! Er schwingt den Streithammer und wird zerschmettern, die sich gegen ihn stellen. Nieder mit den Pfaffen! Nieder mit Rom! Wir wollen freie Friesen sein! Frei ist der Mensch! Frei ist die See!«

Die Gesichter der Friesen flackerten erregt wie rote Fackeln. Sie klirrten mit den Sensen,

Messern, Keulen aneinander: »Frei ist der Mensch! Frei ist die See!«

Der Doktor aber fuhr fort: »Nun aber haben die Pfaffen eine Einrichtung erfunden, die würdig wäre der Erfindung des obersten, blutgierigsten Teufels.«

»Die Inquisition!«, riefen einige.

»Ja: Es ist die Inquisition, das grauenvollste Marterinstrument, das eines Menschen Hirn ersonnen! Wer nicht ihres rechten Glaubens ist, wie sie ihn verstehen, den spannen sie auf die Folter, hacken ihm die Hände oder Füße ab, legen ihm Daumenschrauben an, reißen ihm die Zunge mit glühendem Eisen aus dem Maul, schneiden ihm lebendigen Leibes das Herz aus der Brust. Einem Ketzer darf man kein Almosen spenden. Das Haus, darin man ihn findet, muss niedergebrochen werden. Verbrecher, Meineidige, Ehrlose dürfen wider ihn zeugen. Die gegenseitige Spitzelei und Denunziation wird den Christen zur Pflicht gemacht. Warum denn dies alles, meine Brüder? Ich will es euch sagen: Aus christlicher Nächstenliebe tun sie das alles ihren Mitmenschen und Mitkreaturen an.«

Das Gebrüll der Friesen erschütterte die Luft. Sie schrien wie Tiere in der Brunft und röhrten wie Hirsche.

»Der Papst, der solches zum Gesetz erhob, er ist der in der Offenbarung Johannis beschriebene Antichrist. Es sind Albigenser und Waldenser zu euch gekommen, sie haben euch berichtet, wie das Schwert der Pfaffen bei ihnen gehaust. Wahrlich: Der Boden Frankreichs ist rot vom Blut der Gerechten. Kein Korn wird auf ihm mehr wachsen, nur Rade und Mohn. Es ist genug und übergenug des Mordens. Wir wollen der reißenden Wölfe Herr werden. Ich sage euch mit Paulus: Leget die Rüstung Gottes an, dass ihr an bösen Tagen Widerstand leisten und, in allem unbesiegt, das Feld behaupten möget.«

In die Lichtung setzte plötzlich mit einem Galoppsprung der Bischof von Bremen, der sich auf der Jagd befand, bei ihm ein Knecht. Ehe er wusste, wie ihm geschah, war er von den Friesen eingeschlossen. Schweigend standen sie um ihn herum, die Äxte, Sensen, Messer funkelten in ihren Händen.

»Herunter vom Pferd!«, schrie Störtebeker.

Der Bischof gehorchte.

Störtebeker gab dem Pferd einen Schlag mit der Hand. Es lief ein paar Schritte und begann ruhig zu äsen.

»Ihr seid der Bischof Ortleb von Bremen?«

»Ich bin 's.« Der Bischof neigte das Haupt.

»Ihr habt Euch als Inquisitor des Papstes in Rom bestellen lassen?«

Der Bischof nickte schweigend mit dem Kopf.

Durch die Friesen ging ein Murren.

»Ihr lasst von den Bauern durch Eure Pfaffen den Zehnten eintreiben. Wer gab Euch ein Recht dazu?«

»Das Gesetz. Ich gab den Bauern das Land, sie haben mir dafür zu zahlen und zu steuern.«

»Ei, sieh da: Ihr gabt den Bauern das Land? Warum? Weil Ihr dazumal Kriegsknechte brauchtet. Habt Ihr auch das Land gesehen, das Ihr den Bauern gabt? Sand, öder Sand war das Land, auf dem nur die Stranddistel wucherte. Die See kam alle Augenblicke und schluckte ein, was monatelange Arbeit dem Boden abgerungen. Jahrzehntelang haben die Friesen geschuftet und gewerkt, haben Dünen gebaut und Straßen gebaut, von denen auch Ihr Nutzen habt. Und nun, da die Arbeit ihre Früchte zu tragen beginnt: Nun seid Ihr plötzlich zur Stelle, neidisch und hoffärtig, und wollt ernten, wo sie gesät haben.«

Der Bischof schwieg.

»Nie werdet Ihr von uns auch nur einen Pfennig erhalten.«

Die Friesen schrien: »Nie! Nie! Nie!«

Der Bischof erhob seine Stimme. Er sprach sehr leise, aber er knirschte mit den Zähnen: »Ich werde die Reichsexekution gegen euch beantragen.«

Die Woge ging hoch. Störtebeker hatte Mühe, sie zu besänftigen.

»Herr Bischof: Ist es wahr, was uns berichtet wurde: Dass Ihr unserem Bruder Hinrichsen das Bußhemd angezogen, dass Ihr ihn mit dem Strauchbesen habt geißeln lassen, dass Ihr ihn bei lebendigem Leibe habt die Gedärme aus dem Leibe wringen und winden lassen – als einen Ketzer und widerspenstigen Rebellen?«

Der Bischof war leichenblass geworden. Er schwieg.

»Es ist wahr«, schrie Störtebeker, »denn« – und seine Stimme schlug über, und Tränen traten ihm in die Augen – »ich habe es mit eigenen Augen ansehen müssen. Ihr seid des gleichen Schicksals tausend- und abertausendmal schuldig.«

»Schuldig, schuldig, schuldig« gab das Echo der Friesen.

Der Bischof fiel winselnd in die Knie. Er jaulte wie ein junger Hund: »Schont meines Lebens!«

»Ihr werdet uns sogleich einen Ablass erteilen von dreihundertfünfundsechzig Tagen und Ablass von allem, was wir euch noch antun werden. Segne uns mit dem kirchlichen Segen, oder wir tun dir das an, was du so vielen angetan.«

Der Inquisitor wimmerte. Er breitete die dürren Arme: »Ich segne euch!«

»Tritt an diesen Stein. Es ist der Opferstein Wodans, bete zu Wodan! Du bist ein Friese aus dem Geschlecht der Stadinger! Du hast deinen friesischen Gott verraten um den römischen Gott. Knie nieder. Bete zu Wodan!«

Der Bischof blieb stehen. Er rührte sich nicht.

Da sprangen von hinten einige und stießen ihn, dass er mit dem Kopf auf den Stein schlug. Andere schichteten aus Reisig und kleinen Holzstämmen einen Scheiterhaufen. Sie banden den Ohnmächtigen an einen jungen Birkenstamm, die Arme gebreitet, dass er stand wie der Gekreuzigte. Dann zündeten sie die Flamme an. Es war Dämmerung geworden. Die Flamme schlug in die Nacht. Sie standen, Hand in Hand verschlungen, im Kreis um den Scheiterhaufen und sangen:

> Flamme empor!
> Frei ist der Friese geboren!
> Mensch ist zum Menschen erkoren.
> Sünder in Sünde verloren,
> Segne uns, Thor!

Sie lagen in der Heide.

Hummeln und Wespen brummten um die violetten Blüten des Heidekrautes.

»Calluna vulgaris«, sagte Binswanger und bog einen Büschel Blüten zu sich heran. Er schnüffelte wie ein Hund. Er erinnerte sich seiner botanischen Studien auf der hohen Schule von Helmstedt. Niedrige, verästelte und sehr gesellig wachsende Sträucher mit anliegenden, fast schuppenförmigen Blättern, winkel- oder an kurzen Zweigen endständigen Blüten, deren Kelch länger als die Blumenkrone ist, und vierfächeriger Kapsel.

»Da weißt du was Rechtes.« Anke blinzelte wie ein träger Vogel, der ein heißes Sandbad nimmt, in die Sonne.

Die andern lagen da und dort: Die grünen, roten, gelben Wämse hoben sich aus der graugrünen Fläche wie riesige Blumen.

Störtebeker lag auf einem Heidegrab und sah auf sie hernieder. Die Köpfe hatten sie tief im Heidekraut vergraben. »Ihr seht wie Geköpfte aus. Fühlt mal an euren Hals, ob ihr euren Kopf noch habt.«

Töllessen in seinem roten Wams warf sich mit einem Ruck herum.

»Sei so gut, ja.« Brandes lag auf dem Bauch, fraß Erde, spuckte sie wieder aus.

Binswanger: »Ich brauch' die Erde gar nicht erst in den Mund zu nehmen: Ich weiß, dass sie stark quarzhaltig ist. Ich weiß. Es kommt auf das Wissen an.«

Brandes rollte sich wie eine schlecht geteerte Tonne zu ihm heran. Er stank. Er zog sein Messer und setzte es ihm an den zarten mädchenhaften Hals: »Darauf kommt es an. Auf das Können.«

Ohne dass die andern es bemerkten, war Anke wie eine braune Eidechse zu Störtebeker auf den Hügel geschlichen.

Er riss sie an ihren Zöpfen zu sich heran.

Sie lagen stumm.

Die Sonne brannte.

Die Hummeln und Bienen sangen.

»Hier unten liegt ein Toter«, sagte Anke, »und wir lieben uns.«

»Ja«, sagte Störtebeker, »darauf kommt es an: auf das Sein.«

»Sein oder Nichtsein, das ist mir gleich, wenn ich nur mit dir bin, wenn du bist, und wenn ich mit dir nicht bin, wenn du nicht bist.«

Sie schwiegen und versanken im Heidekraut.

Störtebeker spielte mit einem Zweig. »Die Leute machen Besen aus diesen Zweigen und Ästen. Ich werde mir einen sauberen Besen in dieser Heide schneiden und das feiste Gesindel in Hamburg aus den Toren herauspeitschen.«

Anke glühte: »Ja, das wirst du tun! Peitsche sie! Peitsche sie! Du musst sie nackt aus der Stadt herauspeitschen: Die zarten Herrchen und die feinen Fräulein, die so viel Kinder vor der Zeit aus ihrem Leibe trieben, dass sie keine Brüste mehr haben, nur Lappen, und die, wie Säue, alle vierzehn Tage bluten. Komm, ich helfe dir den Besen schneiden!«

Sie strich sich das Haar aus der Stirn und warf die Zöpfe über die Schulter. Dann sprang sie auf.

Die Sonne schwebte dicht über dem Horizont. Der Heidenebel stieg, und sie sah wie eine rote Laterne aus.

Störtebeker hörte ein Knurren aus der Kute unterhalb seines Hügels.

»Ein Wolf!«, sagte Töllessen.

Sie umstellten die Kute.

Da brach das Tier auch schon aus dem Gehölz, sprang Binswanger mit einem mächtigen Satz an, dass er umfiel, und war in der Heide verschwunden.

»Lupus in fabula«, sagte Binswanger.

Anke lachte, dass ihr die Tränen herunterliefen.

Störtebeker lächelte: »Ein Schäferhund! Da können die Schafe nicht allzu weit sein, zu deren Schur wir bestellt sind. Vorwärts!«

Die Lichter von Lüneburg glänzten durch die Nacht.

»Ich freue mich, mal wieder ein Wasser zu sehen, und wenn's auch die Ilmenau ist«, grinste Töllessen.

»Wie ist das mit dem Lüneburger Silberschatz, Klaus?« Anke hängte sich an ihn wie ein Schwertgehenk. »Sind auch Ketten darunter, um den Hals zu tragen?«

Störtebeker brummte: »Halt dein Maul. Du bist schön genug, so wie du bist. Ja: Es sind auch Ketten unter dem Silberschatz. Und wir tun gut, uns vorzusehn, dass man uns nicht darein schlägt, in diese Ketten, die wir zerbrechen wollen.«

Brandes fluchte: »Ich habe einen gottverdammten Hunger.«

Störtebeker: »Wart' bis Lüneburg. Kannst dich an Lüneburger Brinken satt fressen.«

Waldemar ließ sich mit kleinem Gefolge in mehreren Handschlitten über das Eis fahren. Die Ostwinde pfiffen. Sein rissiges Gesicht lief blau an.

Er schrie schon von Weitem: »Wo ist der Hauptmann?«

Störtebeker trat an die Reling des eingefrorenen Schiffes: »Was wünscht Ihr, Herr?«

»Seid Ihr's, Herr?«

»Der Hauptmann? Ich bin 's.«

Waldemar sprang aus dem Schlitten und schnaufte aufgeregt. Er warf die Arme nach oben wie eine Eidergans vorm Aufstieg die

Flügel: »Ich biete Euch ein Bündnis, Herr, gegen die lübischen und hanseatischen Lumpen. Eine Konföderation haben sie gegen mich geschlossen. Sollte man's glauben. Und das heilige Köln, Sancta Colonia, muss natürlich auch dabei sein. Sanctae romanae ecclesiae fidelis filia. Ich habe meinen Schreiber und Notar mitgebracht. Gehen wir an die Festsetzung der Statuten: Punkt eins, zwei, drei.«

Ein klapperndes Männchen kroch aus dem zweiten Schlitten.

Störtebeker lachte: »Wer seid Ihr denn, Herr? Verzeiht meine neugierige Frage.«

Waldemars blaues Gesicht wandelte sich stolz wieder ins Rosige. Er nahm seine Pelzkappe ab, unter der sein Kopf trotz der grimmigen Kälte schwitzte. Er schwieg, aber unvermutet schrie er plötzlich: »Waldemar! Ich bin König Waldemar!«

Matrosen ließen ein Fallreep vom Reling.

Er kroch mühselig daran empor wie ein dicker Käfer. Der Notar hinter ihm: eine zierliche Spinne.

Kaum oben angelangt, schrie der König grob: »Was soll nun werden? He? Ihr seid mit Euren Schiffen und Euren Gedanken eingefroren?«

Störtebeker wies ihm den Weg in die geheizte Kajüte: »Trinkt erst mal einen heißen Grog, Herr. Werden uns schon einigen, Herr. Weil wir nämlich müssen, Herr. Mit Eurer Königlichen Majestät Autorität ist das so eine Sache. Wollen uns nichts vormachen. Auf den Straßen von Kopenhagen laufen die Kinder Euch nach, verzeiht, wie einem Jahrmarktsgaukler.«

Der dicke König sah sich hilflos um. Er fiel wie eine Qualle, die zur Ebbe auf Strand geriet, in sich zusammen.

»Wer ist daran schuld?« Ganz plötzlich schoss er wieder diese Worte heraus, wie Bolzen von der Armbrust. »Ich will Euch sagen: der Papist. Der Bischof von Roskilde. Predigt im Dom wider mich, der ich ein christlicher Fürst bin, dass es eine Schande ist. Beuge ich das Recht – wie er? Martere ich Menschen – wie die Inquisition? Tue ich Unrecht? Hure ich? Ich fresse und saufe gern. Ist das unchristlich?« Er hob sein Glas und goss es hinunter.

Störtebeker winkte.

Man trug zum Essen auf. Kiebitzeier, gebratene Enten. Einen Schweinskopf in Himbeersoße. Dem König lief das Fett zu den Mundwinkeln heraus.

Der kleine Schreiber krähte fröhlich.

Störtebeker geleitete den König an das Fallreep, der sich vor Aufregung in den Seilen verhaspelte.

Auf dem Eise angekommen, schrie er noch nach oben, die Hände hohl an den Mund gelegt: »Nichts für ungut!«

Die Schlitten glitten über die Watten.

Schnee fiel.

In einer Schneewolke war der König verschwunden.

Störtebeker wandte sich.

Er ging in seine Kajüte.

Sein gefurchtes Gesicht fiel schwer auf die Tischkante.

Anke fand ihn so. »Klaus?«

Er antwortete nicht.

Leise verließ sie ihn wieder.

Der weiße Pilger sprach: »Kennt Ihr den Edelmann Rosenkreuz?«

Störtebeker machte eine abwehrende Handbewegung: »Ich kenne keinen Edelmann Rosenkreuz. Möchte ihn auch nicht kennenlernen. Hab' keine Sehnsucht nach Edelleuten. Wird wohl ein Jud sein, der Edelmann.«

Der Pilger sprach leise und vorsichtig wie zu sich selbst, als wolle er sich selber besänftigen: »Was habt Ihr gegen die Edelleute und gegen die Juden?«

»Die Edelleute sind Straßenräuber und Raubritter. Sie fallen Euch draußen vor den Toren an, wenn Ihr kein Schwert habt, Euch ihrer zu wehren. Und die Juden betrügen und berauben Euch, wenn Ihr in den Städten seid, kein Geld mehr habt, eine goldene Kette oder ein samtenes gesticktes Wams versetzen müsst.«

Der Pilger sprach leise: »Überlegt, ob das nicht Eure Schuld ist, wenn man Euch überfällt und betrügt. Wozu geht Ihr vor die Stadt mit Edelsteinen im Beutel und ein Schwert an der Seite? Warum besitzt Ihr eine goldene Kette, wenn Ihr sie nicht entbehren könnt? Man besitzt nur das, was man entbehren kann. Man lebt nur im Angesicht des Todes.«

»Herrgott«, schrie Störtebeker, »gibt es keine Gerechtigkeit!«

»Doch«, sänftigte der weiße Pilger, »doch«, und sein blaues Auge strahlte, »aber es ist nicht Eure Gerechtigkeit. Seht nur auf Euch und tut nur das Eure. Was die andern tun, was kümmert's Euch? Habt Ihr ein Recht, von irgendjemand etwas zu fordern: im Guten oder Bösen?«

»Ich will den Menschen helfen!«

»Helfen! Helfen!« Der weiße Pilger warf das Wort wie ein Echo zurück. »Das Wort ist sehr groß, das du sprichst. Vielleicht kannst du ihnen gar nicht helfen. Vielleicht ist die Kunst, die du gelernt, von der Art wie die Kunst des Drachentötens, die jemand vier Jahre lernte. Und als er ausgelernt hatte, da fand er keine Gelegenheit, sie anzuwenden. Denn es gab keine Drachen. Und in seiner Wut, dass es keine Drachen gab, begann er Menschen zu töten. Vielleicht seid Ihr von dieser Art?«

Störtebeker stöhnte. »Ja, ich bin ausgezogen, den Drachen zu töten. Aber er hat mich angeblasen mit Feuer «und Schwefel, dass ich schier betäubt wurde.

»Und Ihr habt Menschen getötet?«

»Sie haben den Drachen geschützt.«

»Und was habt Ihr gewonnen?«

»Hass, Hass, Hass – gegen Sie – und gegen mich.« Störtebeker verbarg seinen buschigen Kopf in zuckende Hände.

»Vom Hass bis zur Liebe ist der Weg nicht weit.« Der Pilger strich Störtebeker ganz leise über den Hinterkopf. Dem war, als ob ein Vogelflügel ihn berühre.

Als er aufsah, war der weiße Pilger verschwunden.

Er saß in seiner Kammer am offenen Fenster und sah einem Kranichzug nach, der über die Stadt strich.

Da hörte er dumpfe Schritte die Treppe herauftappen, die vor seiner Tür haltmachten.

Blitzschnell drehte er sich herum, zog sein Dolchmesser und stellte sich hinter die Tür, die nach innen aufging.

Er lachte und warf sein Messer zu Boden. »Töllessen – Bruder – wie hast du mich ausfindig gemacht?«

Töllessen standen die Tränen in den Augen wie einem dreizehnjährigen Mädchen, das nach langer Trennung die Mutter wiedersieht.

Störtebeker schüttelte ihn wie ein Bündel Kleider. »Komm, wir gehen in die Schenkstube. Eine Flasche Malvasier soll uns nicht zu schlecht sein für dieses Wiedersehen.«

Töllessen schüttelte den Kopf. »Lass, Kapitän. Ich habe mit dir zu sprechen. Ernsthaft zu sprechen.«

Störtebeker warf sich auf seine Matratze. Töllessen stand jetzt am Fenster. Die Kraniche waren nur wie Punkte noch zu sehen.

Störtebeker: »Sprich, Hans.«

Klaus, Töllessen würgte: »Klaus, du darfst uns nicht verlassen.« Er fiel vor ihm in die Knie. »Die Schweißhunde sind uns auf den Fersen. Ihr Gebell tönt immer rauer. Und das Triumphgeschrei der Jäger schallt zu uns: Sie haben keinen Führer mehr. Störtebeker ist geflohen. Er hat sie im Stich gelassen.«

Störtebeker schloss die Augen. Er sprach ganz leise. Es klang, wie eine Hummel summt: »Hans, du weißt, weshalb ich von euch ging. Die Schlacht gegen die Seehunde kann ich nicht vergessen. Ich habe ehrlich gekämpft: Mann gegen Mann. Ich habe niemand den Dolch in den Nacken gestoßen, der mir nicht das Gleiche getan hätte, wenn ich nicht flinker war als er. Aber jene Schlacht, jenes Schlachten wehrloser Tiere: Ich kann es nicht vergessen, Hans!«

»Wir hatten acht Wochen kein Gefecht gehabt, Klaus: Da kam es über uns. Ich begreife es heute nicht mehr. Mir selbst möchte ich ins Gesicht speien dafür. Glaub mir, Klaus. Verzeih uns! Verzeih mir! Die Mannschaft lässt dich um Vergebung bitten. Wir sind verloren, wenn du uns nicht hilfst. Brandes ist verwirrt und weiß nicht, was er tun soll. Er kreuzt unruhig mit einer Galeone und sechs Karavellen vor Jütland. Wir haben an der Galeone eine neue Galionsfigur angebracht, Klaus. Der Widderkopf ist uns in einem Gefecht mit den Dänen abgeschossen worden.«

»Der Widder abgeschossen? Ein böses Zeichen.« Störtebeker hielt noch immer die Augen geschlossen.

»Claudius hat eine neue Galionsfigur geschnitzt: aus einem Stück Fockenmast von einer dänischen Brigg: deinen Kopf, Klaus. Du bist immer bei uns gewesen, Klaus.«

»Wenn ihr meinen Kopf habt, was braucht ihr da den ganzen Leib? Lasst's euch genügen an dem, was ihr habt.«

»Klaus, es geht ein Gerücht –«

»Es gehen viele Gerüchte –«

»Du habest dich zu unsern Feinden geschlagen.« Er schwieg und sah durch die Wimpern wie durch einen Schleier zu Störtebeker.

Störtebeker öffnete die Augen weit. Er setzte sich auf den Bettrand und lachte: »Eine sonderbare Methode habt ihr, meine Kameradschaft wiederzugewinnen.«

Töllessen: »Ich will dir den Grund des Gerüchtes sagen: Sita, die Tochter des Senators Stollenweber, unseres erbittertsten Feindes –«

»Was ist mit ihr?«

»Sie ist auf dem Orlogschiff der Hamburger Flotte, die gegen uns ausgeschickt ist. Ja, man sagt, sie, das Weib, führe den Oberbefehl über die Flotte der Hansa. Es ist ein albernes, ein kindisches Gerücht, aber ich erzähle es dir, Klaus, weil es dich interessieren könnte –« Töllessen lauerte.

Störtebeker war mit einem Schritt neben ihm am Fenster. Der Kranichzug war verschwunden. Die Dämmerung stieg wie Nebel aus den Straßen. Er dachte laut: »Sie sucht mich. Sie soll mich nicht umsonst suchen.» Dann zu Töllessen: »Ich bin der eure, Hans. Topp. Führe mich zu den Meinen.«

Töllessen glänzte speckig vor Freude. »Ein Boot wartet an der Außenelbe. Komm, Kapitän!«

Die Brigg drehte bei.

Mit singenden Segeln schoss die feindliche Fregatte auf das Admiralsschiff der Likedeeler zu und rammte es seitwärts.

Enterhaken krallten sich wie Geier ins Strauchwerk der Taue.

Kleine Schiffsbrücken sprangen wie böse Hunde von einem zum andern Schiff und bissen sich in den hölzernen Bohlen fest.

Einen Morgenstern in der zarten Faust, sprang Sita als Erste auf das Admiralsschiff. Aus dem eisernen Helm rann das blonde Haar in Strähnen und Strömen.

Die Brust tanzte unter dem Panzer.

Am Mastbaum stand Störtebeker, den Degen in der rechten, die rote Fahne in der linken Hand.

Vom Hals tropfte über das schwarze Halstuch Blut.

Sita schrie: »Likedeeler! Likedeeler! Ihr Gleichmacher! Der Tod wird euch alle gleichmachen! Und wird es gleich machen! Ihr Stromer! Vom Strom des Lebens rettungslos in das wüste Meer getrieben! Ihr Stürmer, mit denen der Sturm spielt! Mors wird euch Mores lehren! Du wirst nicht mehr den Becher stürzen, Becherstürzer, Störtebeker, und das Blut deiner Feinde saufen, du Blutsäufer! Wo ist dein riesiger goldener Pokal? Ich will dein Blut auffangen und in der Marienkirche in Hamburg zum entsetzlichen Gedächtnis aufstellen, dass Zehntausende das Kreuz davor schlagen, wenn der Teufel es wieder zum Wallen bringt.«

Dröhnend lachte Störtebeker: »Mädchen, Mädchen! Jungfrau oder Hure, wer du seist: Dieses Blut ist unsterblich! Ewig wird es in den Venen der Menschheit rasen. Es ist das Blut, das Luzifer den Engeln abzapfte, ehe er sich von ihnen wandte. Und solch ein Engel scheinst auch du zu sein, du Blasse, Bleichsüchtige! Es ist das Blut des Gottestrotzes, es rann in Prometheus' Adern, als er den Göttern das Feuer stahl, um es den Menschen zu bringen. Es ist das Blut, mit dem meine rote Fahne getränkt ist: denn diese Fahne habe ich getränkt mit dem Blut meiner Brüder, die gefallen sind, damit auferstehe eine ehrliche, kühne, wahre Menschheit. Ich komme als Hüterin des heiligen weißen Grals –«

»Der Gral: Das ist der Goldschatz der reichen Hamburger, erpresst aus dem Blut der dienenden Sklaven und Knechte. Ihr schreit Gral und Gott und meint Gold und Prozente.«

Da hob sie die Keule und schlug sie ihm auf die Stirn, dass er zusammenklappte. Aber im Fallen noch stieß er ihr den Degen von unten in die Brust.

Sie sanken wie in einer Umarmung zusammen.

Ihr Helm kollerte über das Deck. Blond rann ihr Haar in sein schwarzes. Und beider Blut floss ineinander.

Als Störtebeker erwachte, schrie er: »Wo ist das Mädchen?«

Er konnte seine Augen nur halb öffnen, so waren sie von Schweiß und Blut verklebt.

Klaus Toelen, der Wundarzt, saß bei ihm. »Ihr habt ihr nur zwischen zwei Rippen zart die Lunge gekitzelt. Sie lebt. Sie liegt in der Kajüte nebenan. Anke Hansen ist bei ihr.«

Störtebeker schloss die Augen.

Das Schiff ging auf und nieder.

Und ihm schien, als schritte auf den Wogen des Meeres jenes Mädchen in einem weißen Hemd, in der Linken eine weiße Fahne, in der Rechten eine Lilie.

Die Augen noch geschlossen, verzog er grinsend das Gesicht. Der Teufel. Der Gott. Was für alberne Gesichter zaubert mir das Fieber. Jenes Mädchen schlägt mir mit einem sauberen handfesten Morgenstern fast den Schädel ein, und ich sehe auf einmal eine Blume in ihrer Hand. Vielleicht habe ich ihr gar nicht mit meinem Degen eins ausgewischt, sondern mit einem Fliegenwedel eine spanische Fliege von ihrer zarten Brust verscheucht. Hat man ihr das Panzerhemd abgenommen? Ich habe Sehnsucht, diese Brust, die mein Degen gespalten, mit meiner Hand wieder zusammenzufügen.

Klaus Toelen lächelte: »Es fehlte noch, dass Ihr Euch in die Amazone vergafftet.«

Bockemühl trat durch die Kabinentür: »Ich bin dafür, sie an ihren blonden Strähnen am Mastbaum aufzuhängen. Weib hin, Weib her, sie ist unser Feind.«

Toelen zupfte an seinem gelben Spitzbart. »Wir haben ein gutes Pfand an ihr. Sie ist die Tochter des Senators Stollenweber in Hamburg. Hamburg wird einige Tonnen Dukaten springen lassen, wenn wir sie ihm heil wieder zuschicken.«

Bockemühl brummte: »Damit uns nach fünf Wochen wieder eine Laus im Pelz sitzt? Sie ist ein verdammtes Weibsstück. Ich habe allen Respekt vor ihr, und gerade darum will ich sie aufhängen. Irgendeine gleichgültige Hure könnte man laufen lassen.«

Störtebeker versuchte, die Augen ganz aufzureißen.

Er hatte eine Binde um den Schädel und um den Hals.

Er erhob sich, Toelen stützte ihn.

Er stapfte einige Schritte. Strauchelte und fiel an die Tür.

Griff wie Simson nach links und nach rechts an die Pfosten.

Und stampfte und schwankte bis in die Nebenkajüte.

Anke saß am Fußende und spielte mit Sitas Füßen.

Sie küsste ihre Zehen, einen nach dem andern.

Sie gab ihnen Namen: nannte die große Zehe Grete, die kleine Anna und so fort und sagte: »Ich liebe Grete, ich liebe Anna, ich liebe alle, alle. Ich liebe die große Zehe, ich liebe die kleine Zehe. Ich liebe alle Zehen. Ich liebe Klaus Toelen. Ich liebe Bockemühl. Ich liebe Störtebeker –«

Störtebeker stand im Türrahmen.

Das Schiff schwankte.

Er hielt sich links und rechts am Holz fest.

Anke Hansen schwieg.

Sie ließ die Füße Sitas fahren.

Sita schlief. Ruhig atmeten unter dem groben Leinwandhemd, das man ihr angezogen hatte, ihre kleinen Brüste.

Störtebeker ging ein paar Schritte vorwärts. »Geh«, er versuchte seiner rauen Stimme einen zarten Klang zu geben, »geh, Anke, lass mich allein mit dem Mädchen.«

Er setzte sich auf die Pritsche und betrachtete die Schlafende.

Er saß eine Stunde unbeweglich.

Da erwachte Sita, sah ihn groß an, schloss die Augen und schlief weiter.

Er räusperte sich.

Sie erwachte. »Warum lasst Ihr mich nicht schlafen? Es ist mein einziges Gut. Ich kann mir vorstellen, dass ich im Sterben liege. Warum tötet Ihr mich nicht?«

Störtebeker schwieg. Dann: »Bockemühl schlug vor, Euch aufzuhängen.«

Sita sah ihn fragend an: »Und –? Warum tut Ihr es nicht?«

Störtebeker hielt ihren Blick: »Vielleicht könntet Ihr mir noch einige Dienste erweisen?«

Sita lächelte: »Ich? Dienste? Wodurch? Wenn Ihr mich freiließet, wäre es mein Erstes, eine neue Flotte gegen Euch auszurüsten, denn ich würde es nicht ertragen, dass mein erster Anschlag misslang. Ihr werdet Euch wundern, wenn ich Euch ganz ruhig sage, dass ich Euch hasse. Weil Ihr die Stärke seid und ich die Schwäche. Weil Ihr ein Mann seid und ich ein Weib. Ja: Darum hasse ich Euch und bin bestrebt, Euch zu vernichten.«

Störtebeker: »Ihr sprecht wie ein Professor der Beredsamkeit oder Moralwissenschaft. All das ist müßig: Ihr seid in meiner Gewalt, und ich tue mit Euch, was ich will.«

»Zweifellos. Es wäre töricht, wenn Ihr das nicht tätet.«

Störtebeker zupfte sich an seinen über der Stirn zusammengewachsenen Augenbrauen: »Wie viel Lösegeld, glaubt Ihr, würde Euer Vater zahlen, wenn ich Euch ihm heimschickte?«

Blut schoss in ihre blasse Stirne. »Ich weigere mich, einem solchen schimpflichen Handel als Objekt zu dienen. Er kann mit dem Gold, das Ihr verlangen würdet, eine ganze Flotte gegen Euch rüsten. Was tut's, wenn ich draufgehe? Ich habe mich in St. Nicolai dem Dienst Gottes gewidmet. Und weil Ihr der Teufel in eigener Person seid, kämpfe ich gegen Euch: mit den reinsten Waffen und dem reinsten Herzen.«

»Dem reinsten Herzen?« Störtebeker lachte. »Ist Euch noch nie ein Gelüst nach einem Manne gekommen? He? Zum Beispiel jetzt nach mir? Ich kann nicht leugnen, dass die zarte Brust, die unter dem rauen Hemd so sanft sich bewegt, mich reizt, sie zu packen und die Narbe zu küssen, die ich ihr schlug.«

Sita schwieg.

Sie schlug das Kreuz über ihrer Brust. »Nun – nun –«

Er grinste. »Auch wir haben unser Kreuz zu tragen. Aber wir sind keine Christen. Nein. Denn wir wollen das Kreuz, das Ihr und Euresgleichen uns auferlegt, von uns werfen und in der Johannisnacht unseres Gottes verbrennen. Ja«, schrie er, und seine Stimme schlug über, »ich glaube nicht an Euren schamlosen, duldenden, kriechenden Christengott: Ich glaube an den heidnischen Donnergott Perkun, der seine Feinde mit seinem silbernen Blitzschwert zerschmettert. Ich glaube an Wodan. Und«, schrie er, »ich glaube an die Walküren. Liegt nicht leibhaftig hier eine vor mir? Wehrt Euch, soviel Ihr wollt: Ihr seid eines Blutes mit mir, seitdem auf dem Deck des Schlachtschiffes unser Blut ineinanderfloss. Vereinigt Euch mit mir, so werde ich unüberwindlich sein, und auf dem St. Nikolaiturm in Hamburg wird die rote Fahne wehen. Wir werden den Gekreuzigten von seinem Kreuz reißen, mit seinem Kreuz Feuer machen, in dem Weihwasser unsere blutbefleckten Hände reinigen und an seinem Altar dem einzigen Gott opfern, dem es wert ist, ein Opfer zu bringen: dem lebendigen Leben.«

Er stand mit gebogenen Knien in der Kajüte. Das Schiff schwankte.

Die Binde um seine Stirn rötete sich mit frischem Blut.

Sita hatte sich halb aufgerichtet; sie stützte sich mit der Rechten und warf die Linke gegen ihn wie ein Pfeil: »Apage, Satanas!«

Ihm wurde rot vor den Augen.

Schwindel packte ihn.

Er fiel vor ihr zusammen.

Sie setzten Störtebeker in einen eisernen Käfig und fuhren ihn im Triumph durch die Stadt.

Er saß darin wie ein Adler in der Gefangenschaft, stolz und schweigsam.

Die Kinder in den Straßen warfen Pferdedreck nach ihm, der ihm im Barte hängen blieb.

Die Frauen spien ihm ins Gesicht:

»Du Mörder unserer Männer! Unseres Glückes! Du Bastard eines Stinktieres und einer Hyäne! Wo ist jetzt dein Hochmut? He? Man wird dir die Gedärme aus dem Leibe wringen und dich daran aufhängen. Mit der Zange wird man dir das Herz aus dem Bauche zwacken und es in dein Maul hängen.«

Der Käfig wurde acht Tage am Pranger der St. Nikolaikirche aufgehängt.

Es regnete unaufhörlich.

Die vom Kampf ramponierten Kleider und Stiefel wurden ihm vom Leibe geschwemmt.

Schon am fünften Tage stand er nackt im Käfig.

Seine breite braune Brust atmete dem Himmel entgegen.

In einer Nacht begann der Regen nachzulassen.

Plötzlich setzte er ganz aus.

Es war eine undurchdringliche Finsternis. Plötzlich erklang eine Stimme: »Störtebeker!«

Störtebeker lauschte.

»Störtebeker!«

Die Stimme klang wie im Gebet.

Störtebeker gab Antwort: »Wer ruft mich?«

»Fragt mich nicht nach dem Wer. Wer ist wer? Was ist was? Das Dunkel ruft Euch. Die Nacht. Ich liebe Euch.«

»Wer liebt mich? Ich werde nur gehasst.«

»Ein Mensch liebt Euch. Wenn nur ein Mensch Euch liebt, so seid Ihr gerettet.«

»Niemand vermag mich zu retten.«

»Doch, Ihr selbst.«

»Wodurch?«

»Durch den Glauben.«

»An wen?«

»An mich!«

»Wer bist du?«

»Die Liebe.«

»Die Liebe ist ein Abstraktum.«

»Ich bin ein Mensch, der liebt.«

»Ihr täuscht Euch, Ihr habt Mitleid mit mir, weil ich hier hänge in Sturm und Regen.«

»Ich habe kein Mitleid mit Euch. Ich kann nicht mit Euch leiden, weil Ihr nicht leidet.«

»Woher wisst Ihr das?«

»Ich fühle es.«

»So müsst Ihr lieben, in der Tat.«

»Ja, in der Tat will ich Euch lieben. Ich will Euch befreien.«

»Ihr könnt mich aus dem Käfig befreien, vielleicht, wenn Ihr Leiter, Feile und Hammer habt. Aus dem Käfig meines Hirns und meines Willens befreit mich kein Mensch. –«

»Kein Gott?

»Kein Gott und kein Teufel. –«

Man setzte eine Leiter an den Stein des Turms. Jemand kletterte empor.

Feilen. Sägen. Leises Hämmern.

Das Gitter brach.

Sita stand im Käfig.

Sie riss sich den Mantel und das Hemd vom Leibe und warf sich nackt dem Nackten an die Brust.

Sie sprachen kein Wort mehr.

Sie standen tief umschlungen, bis der Morgen graute.

Da löste sich Sita aus seinen Armen. »Du folgst mir nicht? Ein Boot liegt an der nächsten Twiete. Ich habe Kleider und – – –«

Störtebeker schüttelte den Kopf. »Was soll's? Die Brüder sind mir erschlagen. Mein Herz schlägt nur langsam noch. Ich bin müde. Zur neuen Tat nicht mehr fähig. Es werden andere kommen, die rote Fahne aus dem Staub zu holen, in den wir Ahnungslosen selbst sie getreten.«

Sie stieg die Leiter hinunter. Warf Leiter, Feile, Hammer ins Wasser.

Noch einmal wandte sie den Kopf. Um seine Stirne spielten schon die ersten Strahlen der aufsteigenden Sonne wie silberne Wellen.

Die Aufregung in der Bürgerschaft war groß, als man entdeckte, dass der Käfig Störtebekers durchgefeilt war. Noch größer aber die Verwunderung, dass Störtebeker nicht geflohen war.

Der Henker warf ihm das rote Hemd der Mörder und Verbrecher über. Die Hände auf dem Rücken gefesselt, schritt er inmitten der Wache, die mit ihren Spießen das Volk abwehrte, ihn zu lynchen. Er schritt aufrecht und fest zum Richtplatz, obgleich er zehn Tage keinerlei Speise zu sich genommen.

Der Richtplatz war von einer schwarzen wimmelnden und murmelnden Menge erfüllt. Als er das Gerüst betrat, lastete plötzlich ein Schweigen über dem Platz. Man sah, wie er den Geistlichen zurückwies und einsam in seinem roten Hemd, über das sein roter Bart herniederwallte, im Morgenrot stand.

Er hob die Hand. Und augenblicklich trat Ruhe ein.

»Ihr Menschen«, er sprach langsam, »ich habe euch geliebt. Ich habe euch befreien wollen von den Götzen. Vergebt mir! Denn nichts wollt' ich für mich selber. Auch jetzt bitte ich nur für meine gefangenen Kameraden. Ich will, nach der Hinrichtung, an ihnen vorbei schreiten und, soweit ich komme, die sollen frei und ihrer Bande ledig sein.«

Die Richter sahen einander an. Hohnlachend gab der Oberrichter Bescheid: »So soll es sein! Dein letzter Wunsch sei erfüllt! –«

Der Henker hieb ihm den Kopf herunter, der in den Sand rollte.

Und ohne Kopf, aufrecht, schwer stampfte Störtebeker an dreizehn seiner Kameraden vorüber. Dann fiel er der Länge lang steif um.

Ein Aufschrei zerriss die bleierne Stille, die auf dem Platz lastete.

Auf dem Balkon des Senators Stollenweber war Sita ohnmächtig zusammengebrochen.

Auf der Hallig Süderoog, auf dem höchsten Hügel oben, stand Anke, den Knaben an der Hand.

Die Wellen peitschten den Strand, und Spritzer zischten wie Schlangen bis in den Vorgarten des Hauses, über die Hecke aus blühendem Bocksdorn, wo sie wie Tautropfen an den Aurikeln und Stachelbeersträuchern hängen blieben.

Der Kastanienbaum wiegte sich wie ein ungelenker Tänzer im Sturm.

Tag für Tag hielt Anke Hansen Ausschau nach Süden und nach Norden, nach Osten und nach Westen.

Sie sprach kein Wort, auch der Knabe schwieg, die linke Hand im Nackenfell seines Lieblingsziegenbockes verkrampft.

Sie hisste am Mastbaum vorm Hause die kleine Fahne, die er am Tage ihrer Hochzeit getragen hatte.

Sie nahm ihr rotes Kopftuch und winkte über die See. Und nur die untergehende Sonne winkte zurück.

Eines Nachts fuhr sie aus dem Schlaf.

Sie hörte Geschrei, Gesang, Zinnkrüge, die aneinanderklirrten, als tränken Zecher sich zu.

Sie sprang nackt, wie sie war, aus dem Bett, aus dem Haus.

Das Meer lag still und blinzelte wie ein großes Auge.

Sie sah zum Mond empor.

Sie nahm ihre beiden Brüste in die Hände und bot sie ihm. Dann sank sie in den gelben Sand, und er neigte sich über sie wie ein Liebhaber, und seine Liebe war so glänzend und gewaltig, dass sie die Augen schließen musste, er blendete sie, er hielt sie stark in den strahlenden Armen.

Seit dieser Nacht hielt sie keine Ausschau mehr. Sie wusste, dass er zu den Gestirnen eingegangen sei.

Eines Abends fragte der Knabe: »Wo ist der Vater?«

Sie zeigte zum Mond: »Siehst du den Mann dort im Mond? Er ist's. Der Vater ist mit seinem Schiff auf den Wolken zum Mond gesegelt. Er sieht und weiß immer, was wir hier auf Erden tun und denken. Es wird der Tag kommen, da wird er uns Töllessen oder Bockemühl mit einem Boot schicken, uns an den goldenen Strand zu holen. Du, Pidder, werde wie er: Die rote Fahne ist einmal entfaltet worden, in den Städten und auf dem Meere. Sie wird nicht mehr verschwinden.

Frei soll die See sein, frei die Erde, frei der Mensch. Er hat ihnen den Weg gezeigt, und sie werden ihn nicht mehr verlieren. Einst wird auf den Türmen und Kirchen und Lagerhäusern, auf den Galeonen und Karavellen der Patrizier von Hamburg und Lübeck die rote Fahne wehen: In den Ledersesseln im Ratssaale werden Schreiner, Schlosser, Metzger, Bäcker und Schiffsknechte sitzen. Nach Jahrhunderten der Unterdrückung und Rechtlosigkeit wird ihnen ihr Recht geworden sein. Und dort, wo über dem Sessel des Bürgermeisters an der Wand das Bild des Kaisers hing, Karls IV., dem sie fronten, wird das Bild Störtebekers hängen, deines Vaters, den sie einen Räuber schalten, weil er sich sein Recht und Gut nahm, das sie und ihre Ahnen ihm und seinesgleichen gestohlen.«

Der Knabe nickte ernsthaft. Tränen standen in seinen blauen Augen.

Er hob die Hand: »Frei ist die See, frei ist die Erde, frei ist der Mensch!«

Weitere Titel im

EUROPÄISCHEN LITERATURVERLAG

Klabund

Borgia

Klabund erzählt die Geschichte der berühmten spanischen Dynastie Borgia. Anhand ausgewählter Ereignisse skizziert er die Skrupellosigkeit und moralischen Verfehlungen einer machthungrigen Familie, die ihre Kritiker und Gegner durch Intrigen und raffinierte politische Winkelzüge zu lähmen wusste. Im Zentrum steht Rodrigo Borgia (1431-1503), der spätere Papst Alexander VI., der zu den schillerndsten Figuren der Renaissance zählte und durch den fragwürdigen Lebenswandel während seines Pontifikats dem Ansehen der Kirche großen Schaden zufügte. Unter den Nebenfiguren sind einige der größten Persönlichkeiten der damaligen Zeit, u.a. treten Michelangelo und Machiavelli auf. Als Vorlage für die Erzählung diente Jacob Burckhardts bahnbrechende kulturgeschichtliche Abhandlung "Kultur der Renaissance in Italien" (1860). Klabund arbeitete in den Jahren 1924-1927 an "Borgia", 1928 wurde der Roman posthum veröffentlicht.

1. Aufl. 2011, 196 Seiten, Deutsch, Paperback, 21,90 €

ISBN/EAN: 9783862671649

Klabund

Pjotr

Anhand fiktiver Skizzen schildert Klabund das Leben Peter I. (1672-1625). "Pjotr" - wie der russische Zar in der Erzählung genannt wird - ist zugleich Held und Tyrann, mit seinem Volk durch eine innige Hassliebe verbunden.

Der Kurzroman erschien erstmals 1923 und erfreute sich unter den Lesern der Weimarer Republik großer Beliebtheit. Heute zählt er zu den Klassikern der deutschsprachigen Literatur.

1. Aufl. 2011, 80 Seiten, Deutsch, Paperback, 12,90 €

ISBN/EAN: 9783862672561

Klabund
Rasputin

In seinem fiktionalbiografischen Kurzroman erzählt Klabund die Geschichte des berühmten und sagenumwobenen Mönches Grigori Jefimowitsch Rasputin, dem der kometenhafte Aufstieg vom einfachen Bauern zum Beraterin der Zarin gelingt. Rasputin ist zugleich Tyrann und Wohltäter, vom Volk ebenso bewundert wie gefürchtet. Die Schilderungen seines ausschweifenden und machtgeleiteten Treibens entlarven den Protagonisten in seiner ganzen Scheinheiligkeit, bleiben dabei aber stets frei von moralischen Verurteilungen. Der Roman enthält viele drehbuchhafte Sequenzen, da Klabund ihn im Auftrag einer amerikanischen Filmgesellschaft schrieb. Er vollendete ihn 1928, kurz bevor er starb. Noch im selben Jahr wurde "Rasputin" posthum veröffentlicht.

1. Aufl. 2011, 68 Seiten, Deutsch, Paperback, 12,90 €

ISBN/EAN: 9783862671656

Klabund
Kriegsbuch

Klabunds "Kriegsbuch" thematisiert - wie der Titel bereits andeutet - Erlebnisse und Geschehnisse während des Krieges. In insgesamt 15 kurzen Episoden schildert der Autor die Unsinnigkeit und Grausamkeit kriegerischer Handlungen. Durch seinen kritischen Ton hebt sich dieses in Auszügen erstmals 1916 erschienene Werk deutlich von früheren Veröffentlichungen ab.

1. Aufl. 2011, 60 Seiten, Deutsch, Paperback, 11,90 €

ISBN/EAN: 9783862672554